¡UN DÍA UNA SEÑORA SE TRAGÓ UNA CUCHARA!

Lucille Colandro
Ilustrado por Jared Lee

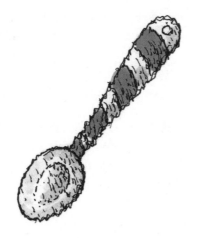

Scholastic Inc.

Para Eletta y Lenore, a quienes les encantan las golosinas.
— L.C.

Para Matt Ringler, con todo mi agradecimiento.
— J.L.

Originally published in English as *There Was an Old Lady Who Swallowed a Spoon!*

Translated by Abel Berriz

Text copyright © 2022 by Lucille Colandro
Illustrations copyright © 2022 by Jared D. Lee Studios
Translation copyright © 2023 by Scholastic Inc.

ISBN 978-1-339-01319-0

10 9 8 7 6 5 4 3 2 1   23 24 25 26 27

Printed in the U.S.A. 40
First Spanish printing, 2023

Un día una señora se tragó una cuchara.
No sé por qué se tragó una cuchara,
pero sonó como si cantara.

Un día una señora se tragó un tazón.
¿Puedes creer que se lo tragó de un tirón?

Se tragó el tazón para sostener la cuchara.
No sé por qué se tragó una cuchara,
pero sonó como si cantara.

Un día una señora se tragó un poco de harina.
Devoró la harina con mucha disciplina.

Se tragó la harina para llenar el tazón.
Se tragó el tazón para sostener la cuchara.

No sé por qué se tragó una cuchara,
pero sonó como si cantara.

Un día una señora se tragó un poco de sal.

No estuvo mal que se tragara la sal.

Se tragó la sal para sazonar la harina.
Se tragó la harina para llenar el tazón.
Se tragó el tazón para sostener la cuchara.

No sé por qué se tragó una cuchara,
pero sonó como si cantara.

Un día una señora se tragó un poco de mantequilla.
Sintió mucha cosquilla
al tragarse esa mantequilla.

Se tragó la mantequilla para batir la sal.

Se tragó la sal para sazonar la harina.
Se tragó la harina para llenar el tazón.
Se tragó el tazón para sostener la cuchara.

No sé por qué se tragó una cuchara,
pero sonó como si cantara.

Un día una señora se tragó una bandeja.
Tenía entre ceja y ceja tragarse esa bandeja.

Se tragó la bandeja para untarle mantequilla.

Se tragó la mantequilla para batir la sal.

Se tragó la sal para sazonar la harina.

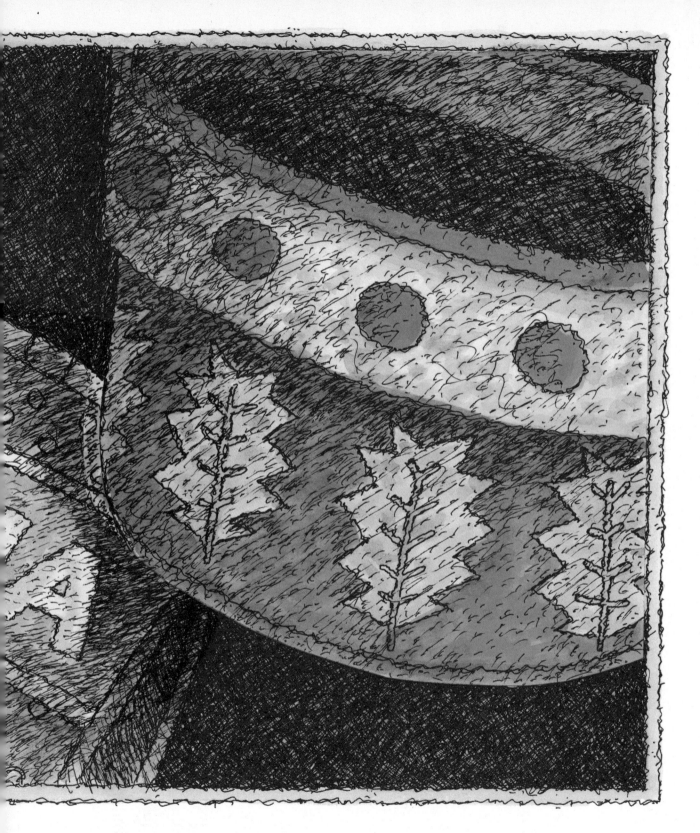

Se tragó la harina para llenar el tazón.

Se tragó el tazón para sostener la cuchara.

No sé por qué se tragó una cuchara,
pero sonó como si cantara.

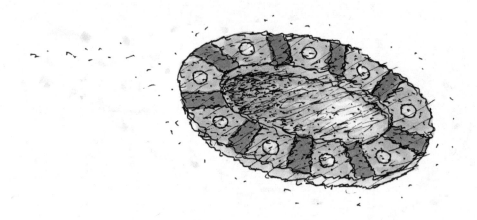

Un día una señora se tragó un plato.
Le entró un arrebato al tragarse ese plato.

Un día una señora se puso a cantar
un villancico que la ayudara a crear...

¡la casita de jengibre perfecta para adornar!